NIVEL
2
Lector emergente

El alce que tenía sed

Basado en un cuento folclórico amerindio

D0710811

Derecho de propiedad literaria © Evans Brothers Ltda. 2004. Derecho de
ilustración © Mike Gordon 2004. Primera publicación de Evans Brothers Limited,
2ª Portman Mansions, Chiltern Street. London W1U 6NR, Reino Unido. Se
publica esta edición bajo licencia de Zero to Ten Limited. Reservados todos los
derechos. Impreso en Hong Kong. Gingham Dog Press publica esta edición en
2005 bajo el sello editorial de School Specialty Publishing, miembro de la School
Specialty Family.

Biblioteca del Congreso. Catalogación de la información sobre la publicación en
poder del editor.

Para cualquier información dirigirse a:
8720 Orion Place
Columbus, OH 43240-2111

ISBN 0-7696-4090-7

3 4 5 6 7 8 9 10 EVN 10 09 08 07

El alce que tenía sed

Basado en un cuento folclórico amerindio

de David Orme

ilustraciones de Mike Gordon

GINGHAM DOG
PRESS

Columbus, Ohio

Era un día de mucho calor.
Alce Grande tenía sed.

Bajó hasta el río.
Bebió y bebió y bebió.

El agua del río empezó a bajar y bajar y bajar.

—¡Detente! —gritó el castor—.
Yo vivo en este río.
Vas a destruir mi casa.

Pero Alce Grande no escuchaba.
Todavía tenía sed.

—¡Detente! —gritó la rata
almizclera—.
Yo vivo en este río.
No voy a tener dónde nadar.

Pero Alce Grande no escuchaba.
Todavía tenía sed.

—¡Detente! —gritaron los peces—.
¡No podemos vivir sin esta agua!

Pero Alce Grande no escuchaba.
Todavía tenía sed.

Y entonces vino una mosca.

—Estás dañando a mis amigos —gritó—.
¡Detente o yo haré que te detengas!

Alce Grande escuchó.
Empezó a reír.

—Adelante, inténtalo —dijo Alce
Grande.

Entonces, empezó a beber otra vez.

La mosca voló hasta la
oreja de Alce Grande.

—Le daré una lección —dijo la mosca. Zumbó y zumbó y zumbó en la oreja de Alce Grande.

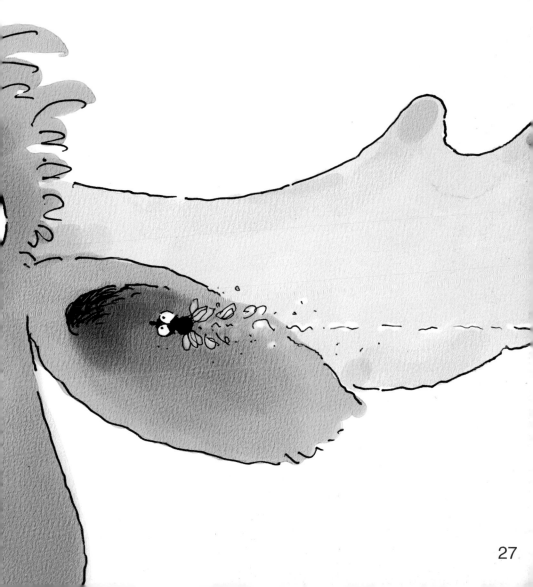

¡Detente! —gritó Alce Grande.

Pero la mosca no escuchaba.
Finalmente, Alce Grande no pudo
aguantar más.
Salió corriendo.

¡Y nunca volvió al río otra vez!

Palabras que conozco

grande	vivir
bajar	detente
beber	sed
nadar	dijo

¡Piénsalo!

1. ¿Cuál era el problema de Alce Grande?

2. ¿Por qué estaban enojados los animales del río con Alce Grande?

3. ¿Por qué no escuchaba la mosca a Alce Grande?

4. Al final del cuento, Alce Grande aprendió una lección importante. ¿Qué crees que aprendió Alce Grande?

5. ¿Crees que en el futuro Alce Grande escuchará a los demás? ¿Por qué?

El cuento y tú

1. ¿Escuchas siempre a los demás? ¿Te gusta cuando otras personas no te escuchan?

2. Si fueras Alce Grande, ¿hubieras dejado de beber el agua del río? ¿Por qué?